GUERRA DO UNIVERSO ANTIGO

Guerra do Universo Antigo

ALDIVAN TORRES

Canary Of Joy

CONTENTS

1- 1

1

"Guerra do Universo Antigo"
Aldivan Teixeira Torres
Guerra do Universo Antigo
©2016-Aldivan Teixeira Torres
Todos os direitos reservados

Este livro eletrônico, incluindo todas as suas partes, é protegido por Direito de autor e não pode ser reproduzido sem a permissão do autor, revendido ou transferido.

Pequena biografia: Aldivan Teixeira Torres desenvolve a série de romances "o vidente", poesias, livros do gênero autoajuda, religiosos, do campo da sabedoria, entre outros. Até o momento tem títulos publicados na língua portuguesa, espanhola, inglesa, francesa e italiana. Desde cedo, sempre foi um amante da arte da escrita tendo consolidado uma carreira profissional a partir do segundo semestre de 2013. Espera com seus escritos contribuir para a cultura Pernambucana e Brasileira, despertando o prazer de ler naqueles que ainda não tenham o hábito. Sua missão é conquistar o coração de cada um dos seus leitores. Além da literatura, seus gostos principais são a música, as viagens, os amigos, a família e o próprio prazer de viver." Pela literatura, igualdade, fraternidade, justiça, dignidade e honra do ser humano sempre" é o seu lema.

Dedicatória e agradecimentos

Dedico este livro a todos os entusiastas do conhecimento e dos mistérios mais profundos. Isso vem para trazer novas informações sobre o instante em que tudo se transforma e produz milagres.

Agradeço em primeiro lugar a Deus, a minha família, colegas de trabalho, amigos, conhecidos e admiradores da minha carreira. Incentivaremos a literatura nacional e buscar ganhar cada vez espaços maiores.

"A mão de Javé pousou sobre mim e o espírito de Javé me levou e me deixou num vale cheio de ossos. E o espírito me fez circular em torno deles, por todos os lados. Notei haver um excesso de ossos espalhados pelo vale e que estavam todos secos. Então Javé me disse: criatura humana, será que esses ossos poderão reviver? Respondi: Meu senhor Javé, és tu que sabes. Então ele me disse: profetize, dizendo: ossos secos, ouçam a palavra de Javé! Assim diz o senhor Javé a esses ossos: infundirei um espírito, e vocês reviverão. Cobrirei vocês de nervos, farei com que vocês criem carne e se revistam de pele. Em seguida, infundirei o meu espírito, e vocês reviverão. Então vocês ficarão sabendo que sou Javé." (Ezequiel 14,1-6)

Conteúdo do Livro
Pós- Guerra dos Anjos
Primeiro Concílio
Primeiras expedições
No quartel general
Em Libertina
A segunda etapa em Podeison
O terceiro debate
Makmarry
Dasteny
A batalha de Virgélia
A decisão
Enquanto isso, no palácio real, em Cristalf

Em Harrant
A batalha final
Despertar
Em casa

Pós- Guerra dos Anjos

O mal tinha sido expulso de Kalenquer, o primeiro planeta criado com o objetivo de ser sede do palácio real e abrigo dos anjos, os seres mais potentes do universo. Tudo teria dado certo se não fosse a audácia de Lúcifer e seus servos. Embora o planeta estivesse livre deles, permanecia em desolação frente a tantas perdas. Fora o maior evento de destruição já conhecido em toda a história do universo e outro não haverá.

Lúcifer tinha sido implodido e seus servos jogados num buraco negro bem fundo. As consequências desta pena eram incertas para os demais sobreviventes. O que se sabia era que ninguém escapava da força gravitacional e do fogo em ebulição do maior buraco existente no cosmo. Mas quem sabia? Ninguém tinha provado dum perigo tão grande.

A verdade em si mostrava que Deus era caracterizado por perdão, benignidade, compreensão, tolerância, amor infinito e aceitação. Por mais que os demônios fossem ruins, eram criações suas e tinham um papel específico na divisão de forças a saber, bem e mal. Digamos que houve essa permissão de rebelião.

O arcanjo negro era imortal, a implosão foi apenas um artifício temporário para tirar-lhe de cena. O seu espírito regenerou-se e juntou-se a seus servos no lançamento dentro do buraco negro. A passagem neste astro foi caracterizada por descontrole, luzes azuis, brancas, negras, e portais dimensionais por todos os lados. Em dado momento, eles foram sugados por um deles e ao atingir a transição da travessia, do outro lado eles encontraram uma nova dimensão até então desconhecida.

O grupo formado por milhões de espíritos decaídos caiu em pleno deserto dum planeta conhecido na língua local como Crovos. O primeiro momento nesta nova realidade foi de dúvida, ansiedade e nervosismo. O que estavam fazendo ali? Como primeiro ato em nova terra, Lúcifer enviou os servos de hierarquia menor para se infiltrarem nas cidades locais e investigar o território do inimigo. Ficaram apenas os sete arquiduques e numa conversa rápida decidiram instalar-se ali mesmo. Foi construído um palácio monumental com suas artes mágicas e promovido o primeiro concílio entre eles. Havia muito trabalho pela frente.

Primeiro Concílio

Estavam reunidos Lúcifer, Belzebu, Asmodeus, Mammon, Belphegor, Azazel e Leviathan. O objetivo era definir as primeiras ações sobre o planeta recém-descoberto.

"Meus grandes amigos, estamos aqui perdidos neste mundo um pouco atordoados. Antes de qualquer coisa, peço mil desculpas pelo nosso fracasso em Kalenquer. Se bem que não foi um fracasso completo, agora estamos vivos, decididos e mais organizados. Perdemos uma batalha, mas não perdemos ainda a guerra. Se minha consciência não falha, estamos em Crovos, terceiro planeta da nossa galáxia e vejo como isto um sinal. Podemos reconstruir nossa vida aqui e quem sabe firmar nossa reação aos representantes celestiais. O que nos impede? (Lúcifer)

"Realmente nada, meu lorde. Pensemos positivo e reorganizemos nossa tropa. Acho que esta é nossa primeira ação. (Belzebu)

"Muita calma nessa hora. Ainda não temos um amplo conhecimento do inimigo. Seria bom investigar bastante antes de agir para que não tropecemos mais uma vez. (Asmodeu)

"Entendi. Vou levar em conta sua sugestão. (Lúcifer)

"Que pesquisa que nada! Somos muito capazes de reagir. Temos que seguir em frente e atacar imediatamente, mestre! (Azazel)

"Não sei. Vamos pensar um pouco. Sua ira pode estar atrapalhando sua visão. (Lúcifer)

"Mas, mas, mas.... (Retrucou Azazel)

"Nada demais. (Cortou Lúcifer)

Azazel irrita-se um pouco. Por que suas sugestões nunca eram ouvidas? Estava farto de ser colocado para escanteio. Em contraposição a isto, sua inferioridade em relação ao chefe das trevas colocava-lhe em desvantagem. Não era sábio rebelar-se novamente e nem enfrentar Lúcifer. Portanto, fica um pouco calado observando os demais enquanto a reunião prossegue normalmente.

"Temos que ser inteligentes e realmente precavidos. Se não me engano, esta é a terra do descendente de cristo e ele poderá usar seu poder contra nós. Lembrem-se que não somos invulneráveis. (Belphegor)

"Sim, agora lembrei. Obrigado, irmão. (Lúcifer)

"Por nada. (Belphegor)

"Temos que investigar também se há riquezas neste planeta e nos apropriarmos delas. Com o dinheiro, poderemos formar um exército imbatível, até mais poderoso do que a turma do Arcanjo Miguel. (Sugeriu Mammon)

"Boa ideia também. Apesar de achar que é um exagero querer comparar com a turma do Miguel, ele está muito à nossa frente. Precisamos primeiro dominar um mundo para tentar mostrar força e sermos respeitados. (leviathan)

"Exato. Tenho que reconhecer a força do meu inimigo, apesar de que também somos fortes. Meu orgulho não chega a tanto. (Lúcifer)

"Fica decidido então o quê, mestre? (Asmodeu)

"Vou esperar as notícias dos nossos enviados em expedição ao planeta. Após ouvi-los, é que tomarei alguma decisão. (Informou Lúcifer)

"Enquanto isso...!?(Azazel)

"Tudo tem seu tempo. Aproveitemos este intervalo para refletir sobre o que passou e fazer planos futuros. Eu prometo que ainda não acabou, este é o começo de uma nova história para nós. Pelo mal! (Lúcifer)

"Pelo mal! (Os outros)

"Encerro esta reunião por aqui. Vamos cuidar das nossas outras responsabilidades. Estão dispensados. (Lúcifer)

A ordem de Lúcifer foi acatada imediatamente e cada demônio foi procurar seus afazeres. Crovos era um planeta aprazível e pronto para ser descoberto. Só não podíamos desejar boa sorte a esses malandros pois seu objetivo era apenas destruição e afronta de Deus. Que o senhor tivesse piedade destas criaturas e das outras que corriam um sério risco com sua presença. Avancemos.

Primeiras expedições

Os demônios enviados para uma primeira impressão da terra e do seu povo espalharam-se pelas sete cidades sede de Crovos: Libertina, Podeison, Makmarry, Dasteny, Virgélia, Harrant e Cristalf. Estavam num número considerável perambulando pelas avenidas e zonas rurais provocando em geral um grande tumulto e estranheza nos locais. Quem seriam aqueles seres de porte másculo e cheio de asas e o que queriam deles?

Num primeiro momento, os demônios puderam agir livremente, mas na medida em que se infiltravam nos locais começaram a ser chamados de espiões. A defesa local foi então acionada e começou a abordá-los pedindo explicação. Apesar da língua distinta, os demônios tinham o dom de línguas e entendiam exatamente o que estava acontecendo. Reagiram usando sua força física e seus poderes contra a polícia defensiva. Como toda ação tem uma reação, a força crovense em maior número reagiu e houve um pequeno embate. Conseguiram encurralar os forasteiros e por fim prenderam alguns deles. Os outros conseguiram escapar e a avisar aos seus comparsas e então foi dada uma ordem de fuga.

Os demônios que sobraram saíram das cidades citadas e iniciaram o caminho de volta ao quartel general. Era necessário que os outros soubessem o primeiro resultado da expedição e talvez tomar uma atitude drástica de reação. Do jeito que estava é que não podia ficar.

Neste intervalo de tempo, eles descarregam sua raiva em tudo o que encontram no caminho: Pedras, árvores, estradas e pequenos povoados. Provocam uma degradação considerável apenas por despeito com os locais. Isto era uma marca registrada dos demônios, a ira, o orgulho e a audácia. Quando se cansam de fazer o mal, cumprem o restante do percurso com regularidade. Estava na hora de começar a agir.

No quartel general

Os demônios foram chegando em bandos, foi repassado o relatório para seus chefes e então eles apresentaram-se ao líder dos anjos rebeldes no palácio da oposição. Na sala destinada para isso, foi dado o início a uma segunda reunião já com conhecimento de causa.

"O meu grupo não me deu informações animadoras. Os locais resistiram a nossa presença. E quanto aos outros grupos? Alguma informação relevante? (Azazel)

"No meu caso, a mesma. (Mammon)

"Também. (Belphegor)

"Igual. (Leviathan)

"Eu não disse? Eu estava certo. É lógico que eles não nos receberiam com flores pois somos estranhos nos ninhos. (Azazel)

"Sei, certo. Alguma informação sobre como se organizam e seu poderio militar? (Lúcifer)

"Pelos relatos, são bem equipados e bem organizados. Porém, não estão à altura de deuses como nós. Com uma boa estratégia e com o efetivo suficiente podemos sair vitoriosos e conquistar este planeta. (Asmodeu)

"Bom saber. Estamos livres no momento. Eu quero que treinem suas legiões o dia inteiro para que fiquem prontos para batalhar. Esta afronta não ficará impune. Não temos como fugir de mais uma batalha. (O diabo)

"Agora sim. (Azazel)

"Cuidaremos pessoalmente disto. Assim quando for ordenado, começaremos a guerra e a consequente matança cruel desta gente podre. Pode confiar! (Asmodeu)

"Assim espero, Mãos à obra! (Lúcifer)

A reunião foi dissolvida e os servos dispensados para o trabalho. O treinamento dos guerreiros iniciou-se e duraria um pouco de tempo para que estivesse concluído. Enquanto não chegava o momento, o arcanjo de coração de aço planejava os próximos passos. Quem poderia impedi-los?

Em Libertina

Em aproximadamente uma semana os servos do mal se esforçaram em aperfeiçoar suas habilidades de luta e de poderio físico. Os sete príncipes do inferno tomaram conta de inúmeras legiões, ensinando-lhes o que sabiam sobre as táticas possíveis de serem adotadas num embate. Ao concluírem esta etapa, foi dado a ordem de guerra e o primeiro pelotão deslocou-se para a primeira fronte de batalha, localizado em Libertina.

Libertina localizava-se na região mais oeste do planeta e tinha cerca de quinhentos mil habitantes, sendo a menos populosa das sete cidades-estados forças locais tiveram notícia do levante dos extraterrestres e então foi montado um grupo especial para conter a força inimiga.

Usando de agrupamentos de combatentes, eles começaram a se enfrentar próximo da região urbana, com a cidade já evacuada por motivo de precaução. A quantidade de combatentes era equilibrada. Porém, a força dos demônios era bem maior. Enquanto um extraterrestre caía, dois locais desabavam no campo de batalha. A praça do levante estava tomada, espraiando-se de um lado a outro, as disputas. Como em toda a guerra, predominava o sofrimento, o desespero, a dor, a incompreensão e cada um por si. Tudo pelo poder e pela afirmação de um egoísmo sem tamanho.

Aos poucos, o grupo do mal foi levando vantagem em números óbvios e no momento não havia uma reação plausível. A saída para os habitantes locais foi fugir em direção as cidades restantes. Resultado: A cidade foi tomada e as pessoas que lá permaneceram tomados como escravos. As riquezas foram saqueadas e o patrimônio histórico "cultural depredado. Este foi o primeiro sinal da maldade demoníaca e que certamente não estavam de brincadeira. Contudo, nada estava decidido. Ainda tinham outras seis cidades a tentar conquistar e a força local não podia ser desprezada pela sua fé, disposição, garra e coragem. Esperemos os próximos acontecimentos.

A segunda etapa em Podeison

Outro grupo reuniu-se à equipe restante que venceu em Libertina, por parte dos demônios. Eles juntaram forças e partiram rumo a conquista da próxima cidade chamada de Podeison que distava cerca de trezentos quilômetros do ponto em que estavam. O clima e o ânimo eram muito bons entre os comandados do grande dragão com eles dando-se o luxo de distrair-se durante o caminho com suas maldades normais. Na mente deles, a partir de agora, nada podia dar errado pois acreditavam que mantendo o foco iriam vencer. Bem, pelo menos é o que pretendiam.

Entretanto, a força contrária não era tão boba assim pois já tomara providências devido a sua primeira derrota. Um grupo de Galgarianos (Planeta vizinho a Crovos) reforçara o contingente de guerra. Os galgarianos eram conhecidos por sua força, sangue frio, coragem e destemor. A equipe de guerra praticamente triplicara com a presença deles.

Sem ter conhecimento disso, o grupo de Lúcifer avançava calmamente por entre as pequenas cidades e zona rural que antecediam a próxima cidade sede. O orgulho, a prepotência e a confiança permaneceriam o que era ruim para eles. Como diz o ditado, seguro morreu de velho. Este erro poderia custar caro a eles.

Ainda no caminho, os diabos tem uma pequena surpresa: Uma emboscada armada pela força de Crovos em que eles ficaram encurralados. Começou então a peleja: Uma grande luta usando espadas, raios, força corporal, armas interestelares e força magnética. Diferentemente da outra vez, as forças equivalem-se tendo perdas de um lado e do outro. Os demônios custam a acreditar que pela primeira vez seu objetivo corre risco.

De equilibrada, a força local começou a ter vantagem na luta em aspectos numéricos e em conhecimento de campo.

Os seres do mal permaneceram um pouco mais tentando tirar a desvantagem devido a seu orgulho interno. Porém, chegou ao ponto em que os generais suspenderam as ações e desistiram de alcançar a cidade. Foi dada então a retirada da tropa, voltando para a base e a cidade anterior. A segunda etapa da guerra tinha sido um fracasso para eles.

Durante a volta, houve uma desorganização no grupo do mal, com uns acusando os outros pela derrota. Os chefes supremos controlaram a situação e deram um basta nos insurgentes. Era preciso cortar o próprio mal pela raiz para que os covardes não atrapalhassem a meta principal. Durante o longo percurso, eles têm a oportunidade de refletir sobre os erros e acertos com vista a uma elaboração de uma nova estratégia. Ficar como estava é que não poderia.

Ao chegar no quartel general, os sete príncipes das trevas reúnem-se novamente em vista de obter soluções a fim de evitar prejuízos maiores.

O terceiro debate

Diante da mesa principal, os mesmos personagens de sempre começam a interagir entre si.

"Eu não posso crer que uma tropa tão preparada como a nossa tenha caído por terra diante de seres inferiores. Eu não admito isso! (Esbravejou Lúcifer)

"Eu me responsabilizo pelas minhas tropas. A culpa é realmente toda nossa, mas cabe ressaltar que o inimigo se reforçou e estava com mais garra do que da outra vez. (Justificou Leviathan)

"As minhas legiões também se esforçaram. Nós vimos como eles deram o máximo de seus poderes contra o adversário e alguns até perderam suas vidas. Fica meu reconhecimento a estes heróis. Se queres responsabilizar alguém, despeje sobre ira sobre nós e não sobre eles. (Solidarizou-se Azazel)

"Estão ficando bonzinhos é? Derrota é derrota. Pensando melhor, nem adianta eu perder meu tempo procurando culpados. Irmão Belphegor, seus anjos estão prontos? (Lúcifer)

"Prontos, afiados e a sua disposição, meu amado mestre. (Belphegor)

"Mande-os para o campo de batalha juntamente com os que sobraram. Uma afronta deste tamanho não pode ficar impune. (Lúcifer)

"Agora mesmo. (Belphegor)

"Quanto aos outros, fiquem atentos. A qualquer momento solicitarei vossos contingentes. Não podemos esperar mais. (Lúcifer)

"Rumo A Makmarry! (Mammon)

"Rumo a vitória! (Belzebu)

"Assim seja! (Lúcifer)

"Um viva ao nosso senhor! (Asmodeu)

"Viva! (Todos)

A reunião foi dissolvida e eles foram procurar fazer suas obrigações. A batalha não podia esperar mais fazendo de Crovos o principal campo de confusões do universo. O que seria do povo batalhador, simpático e corajoso deste planeta diante da fúria de demônios tão poderosos? Não percam os próximos capítulos.

Makmarry

Logo após a ordem do chefe dos anjos rebeldes, as legiões de diabos apresentaram-se aos seus chefes e juntos partiram rumo ao próximo ponto de batalha. Ansiosos, nervosos e determinados eles arrasavam com tudo e com todos que se punham à sua frente. A ira era um sentimento comum entre eles por conta de sua própria natureza e pelo fato da humilhação imposta pela batalha anterior. Urgentemente, os espíritos deles exigiam reparação e só o sangue poderia amenizar isto.

Contraposto a esta raiva, estava a fé, a coragem, a determinação, a garra e a tomada de decisão dos opositores. Estas "Forças opostas iam encontrar-se novamente e o resultado disso era uma incógnita. Ambos os lados tinham chance de saírem vencedores. A minha torcida em especial vai para os habitantes de Crovos, eles só estavam tentando defender seu povo e sua terra de invasores cruéis, frios e calculistas. Já os demônios só pensavam em dominar o mundo e em consequência corriam um risco muito grande. Estes seres do mal não mereciam pena nenhuma pois queriam ser maiores do que Deus e isto era imperdoável.

Makmarry ficava relativamente próximo de podeison e em pouco tempo os inimigos chegaram. Imediatamente houve uma reação dos locais e as frentes de batalha foram armadas. Começou o embate brutal: Fogo, armas mortíferas, socos, pontapés e força mental eram algumas das armas utilizadas. Desde o começo, a luta revelou-se equilibrada com perdas de ambos os lados. Mesmo com o cansaço, o equilíbrio era mantido. Com o passar do tempo, muitas criaturas foram dizimadas e os chefes dos grupos temeram a situação. Numa atitude inesperada, eles combinaram uma trégua para que não houvesse tantos prejuízos. A luta terminara empatada. Os demônios acamparam ali mesmo e esperaram a chegada de mais tropas e da mesma forma os anfitriões.

Quando os outros grupos chegassem, a trégua provisória se encerraria e mais uma nova etapa de enfrentamento ocorreria. Era uma pena pois a paz é a melhor coisa que existe.

Dasteny

As tropas foram reforçadas e deslocaram-se para uma nova fronte, próximo de Dasteny. O lugar era extenso, plano, sombrio e tenebroso. Logo que chegaram, a carnificina começou: Dor, revolta, sangue, tristeza, opostos e desafios. Um campo de batalha é um lugar cruel onde não há amizade, carinho, amor ou piedade. Não queira o leitor participar de algo assim em algum momento da vida nem eu quero. Uma guerra é realmente implacável.

Os demônios eram realmente em grande número desta vez e aos poucos foram tomando conta desta etapa. Aos outros, restava continuar batalhando com coragem arriscando até a própria vida. Com a vitória iminente, eles começaram a brincar e fazer chacota com os adversários. Era marca registrada dos demônios serem sarcásticos.

Depois de um tempo, restaram poucos habitantes de Crovos que se refugiaram nas rochas. Os inimigos partiram para a cidade e então começaram a fazer seus trabalhos de maldade pura: saques, mortes, prisões e heresias. Parecia que nada nem ninguém podia impedi-los. Mas até quando essa situação iria permanecer?

Do outro lado do planeta, Ventur Okter, o descendente de cristo, tomou conhecimento da derrota da situação. Analisando bem o caso, ele percebeu que seu povo tinha poucas chances contra um inimigo tão poderoso. Foi então que usando de sua magia branca invocou a corte celeste e explicou-lhes a situação. Foram então enviados três arcanjos: Miguel, Rafael e Uriel e seus respectivos anjos. O objetivo era impedir satanás de tornar-se rei e assumir o comando de um planeta. O grupo ficou hospedado em cristalf esperando a próxima ação do inimigo. E agora? Parece que as coisas estavam a ponto de esquentar e tornar-se Crovos o centro das atenções do universo. A batalha do bem contra o mal era quase interminável.

A batalha de Virgélia

No outro dia, os seres do mal se reuniram e se reforçaram ainda mais sua frente de batalha. Da cidade dominada, Dasteny, eles foram enviados para Virgélia. Virgélia era uma cidade conhecida pelos seus filhos ilustres, cultura e artefatos históricos. Com cerca de um milhão de habitantes, era a terceira na escala de importância de todo o reino. Se satanás conseguisse dominá-la, seria um passo para estabelecer seu governo em todo o planeta.

Duzentos quilômetros separavam o pelotão do mal do pelotão do bem. Um de encontro ao outro, eles percorriam o caminho com objetivos distintos: Enquanto o bem queria proteger os inocentes, o maligno buscava a destruição. Eram forças opostas em contradição que teriam que medir forças por luta do território. Não havia outra forma de resolver esta disputa.

As cidades localizadas em volta desta região estavam praticamente vazias. Foi uma sugestão do governo para que os civis fossem preservados. Era injusto perder-se tantas vidas por um motivo tão mesquinho quanto esse. Pelo menos essa era a visão do bem. O mal pouco se importava com o bem-estar da população. Por isto mesmo, teriam que ser parados a todo custo por ordem de Miguel. Quem é como Deus? E se Deus é por nós quem será contra nós? A supremacia divina era a melhor coisa que foi conquistada desde a guerra dos anjos. Não seria agora que seria diferente.

Com este pensamento positivo, os arcanjos do bem e suas tropas aceleraram o passo em vista de encontrar e interceptar o mais rápido possível seus opositores. Naquele momento de euforia e de decisão prevalecia a coragem, a força e o destemor de nossos melhores amigos alados. Alheios a isto, os demônios também se aproximam.

Um tempo depois, finalmente o encontro acontece. Para a surpresa dos demônios, o bem está com sua força quase completa. Miguel e seu poderio é capaz de batalhar contra milhões e os adversários tinham consciência disso. No entanto, o orgulho de ser anjo caído falava mais alto. Mesmo assim, eles batalham sem quaisquer expectativas. Logo de imediato, uma pequena legião de anjos é capaz de enfrentar os diabos e então os três arcanjos do bem se retiram. Era necessário se preservar para uma provável e iminente batalha final. Enquanto isso não acontecesse, era necessário planejar bem os próximos passos.

A batalha seguiu por um bom tempo com perdas de ambos os lados. Perto do final, uma pequena vantagem para a força do bem que é aproveitada sabiamente. A maioria dos demônios é encurralada, presa e subjugada pela força dos servos de cristo. Os que escapam iniciam o caminho de retorno para o reduto do mal. E agora? Qual seria a próxima providência deles? Ainda havia condições de reagir? Sem sombra de dúvida, nada ainda estava decidido.

A decisão

No começo da volta dos demônios houve muita tristeza, confusão e desamparo. Com a derrota na bagagem das costas, eles temiam uma possível punição dos chefes pelo fracasso. Embora fosse natural a derrota contra anjos guerreiros, eles conheciam muito bem a ira dos príncipes do mal. O mal por si se destrói em comum identidade. Isto era uma lei para eles e conhecendo o seu destino, restava conformar-se.

Tudo tem seu tempo e todo momento passa, à exceção dos imortais. Aqueles pequenos anjos do bem e do mal que combatiam na fronte de batalha eram apenas peças dum destino cruel e inevitável. Isto acontece em todas as guerras, as consequências sobram para quem não tem nada a ver com elas.

Injustiça? Uma grande injustiça, mas que era necessária para se construir impérios, estender poderes e dirimir conflitos. Os responsáveis por isso não estavam nem se importando com isso. O que estava acontecendo exatamente neste instante em Crovos era uma continuação da batalha épica dos anjos ocorrida em kalenquer. Enquanto uma força não prevalecesse por completo, estes acontecimentos ficariam repetindo-se indeterminadamente por todo o espaço visível e invisível.

Mesmo os grandes arcanjos a exemplo de Miguel e Lúcifer eram peças num tabuleiro coordenado por uma força maior. Deus criara as duas forças justamente para isso, dar a liberdade de escolha e de balancear as equações do universo. Por isso existe o ditado que diz que Deus é um matemático. Até certo ponto a liberdade é permitida, desde que não contrarie a vontade divina que é e sempre será suprema em todo os universos.

Sem ter consciência disso por ser algo de compreensão superior, tanto anjos como espíritos maus retornam depois de uma longa viagem a seus redutos. Imediatamente, satanás é informado das novidades da última etapa e por precaução uma pequena reunião novamente é convocada. Era urgente tomar uma decisão definitiva quanto ao encaminhamento da guerra. Antes disso, porém, faz questão de exterminar com seu fogo os seus aliados derrotados. Era o preço a pagar pelo desapontamento causado em sua alma temperamental.

No salão principal do edifício negro estavam novamente os sete príncipes malignos. A discussão iniciou-se.

"Raios! Mil vezes raios! Que espécie de demônios são os nossos que tão facilmente são derrotados? Nem mesmo em kalenquer eles agiam assim. (falou o indignado Lúcifer)

"Perdão, amado mestre! Não entendo o que aconteceu, mas já que ocorreu é salutar pensar em uma saída. (Sugeriu Belphegor)

"Eles já tiveram o seu perdão! Um grande fogo no rabo. Mas isso já passou. Vamos seguir em frente e pensar mesmo em uma nova estratégia. O que sugerem, meus odiados companheiros? (Indagou o Diabo)

"Usar a mesma tática do inimigo: A surpresa e os nossos melhores anjos. (Leviathan)

"Esta derrota deve servir de aprendizado. Usemos toda nossa ira a partir de agora. Não devemos ter piedade, consideração nem amor para com ninguém. (Azazel)

"Meus homens foram exterminados. Mas não vou negar-me a colocar minha cabeça à disposição. (Belphegor)

"Não seja ingênuo, meu caro companheiro. Os anjos renascem novamente. Logo, sua trupe estará completa de novo. Sim, obrigado pela entrega. (O Arcanjo negro)

"Por nada. (Belphegor)

"Vamos nos agrupar mais. Usaremos um pouco da riqueza adquirida no planeta para conseguir uma tropa maior. O que acham? (Mammon)

"ótima ideia. Convidarei os Balzaks, residentes no quarto planeta em relação ao sol. Eles vendem-se por qualquer coisa. (O pai da mentira)

"Aprovado. (Mammon)

"Teremos que suprir esta tropa com bastante comida. Os Balzaks adoram comer. (Belzebu)

"Bem lembrado. Comida à vontade para que eles não caiam desfalecidos no embate. (O demônio)

"O orgulho é nossa principal força. Estamos diante dum grupo poderosíssimo. Mas se não tentarmos nunca saberemos se poderemos vencer. (Falou o otimista Asmodeu)

"Eu estou consciente disso. Anotei todas as sugestões e as melhores colocarei em prática. Vamos inteiros desta vez e que Miguel não ria de nós nos desprezando pois não temos nada a perder. Em frente!

"Ao destino! (Asmodeu)
"Por Lúcifer! (Belzebu)
"Por Lúcifer, repetiram todos.

Dissolvida a reunião, os grupos foram treinar um pouco visando o próximo encontro com a força oposta à sua. O futuro prometia.

Enquanto isso, no palácio real, em Cristalf

Como dito, os arcanjos e boa parte de suas legiões iniciaram o retorno para o reduto do bem em cristalf, sede do reino de Crovos. O bem estava bem preparado só sendo necessário uma nova organização de acordo com as necessidades da guerra. Os três arcanjos, com toda sua experiência, conheciam o valor da força de Lúcifer e de seu orgulho. A derrota sofrida em Virgélia não ficaria sem uma resposta à altura. Cientes disso, durante o trajeto, eles orientam os seus comandados de que maneira agir e se comportar diante dum inimigo frustrado, mas forte.

Miguel é o mais belo e o mais forte dos arcanjos. Conhecido como "Guerreiro de Deus" tem na sua espada azul flamejante a sua maior arma contra os inimigos. Nunca, em toda sua história, alguém o derrotou. A grande batalha dos anjos foi o seu maior desafio enfrentando seu irmão e maior arquirrival Lúcifer. Este primeiro encontro revelou um grande equilíbrio com a peleja acabando através do sacrifício de Divinha, o filho espiritual de Javé. Um novo encontro seria uma revanche interessante entre os dois. Os outros dois Arcanjos também viveram situações parecidas com seus irmãos rebelados de Hierarquia. Além destes, haveria vários reencontros entre as castas menores em Crovos tornando a disputa algo pessoal. Juntos, cada um do seu lado, defendiam seus interesses e nesta disputa valia tudo.

Crovos era um planeta realmente lindo e acolhedor. Entretanto, com o desenrolar da guerra se tornara vazio e devastado. As constantes incursões dos demônios pelo interior do planeta traziam consequências catastróficas para a vegetação, relevo e para a própria sobrevivência do povo. Isto era uma herança cruel deste levante assim como acontecera em Kalenquer. Exatamente isto era o que os arcanjos queriam minimizar na realidade atual. A fim disso, teriam que agir bem rápido.

Passando por montanhas rochosas, lisas e geladas, vulcões, abismos tenebrosos, desfiladeiros, lagos e rios profundos, no mais alto do horizonte e nas profundezas, os seres do bem avançam de encontro a cidade mais importante do reino. O pensamento atual concentrasse na próxima batalha a realizar-se em Harrant. Teriam que planejar cada passo do processo com objetivo de não fracassarem e tentar pôr fim aquela guerra sem sentido. Aliás, todas as guerras são sem sentido.

Bem organizados, os seres alados da luz vão chegando ao destino. Graças a Deus, a viagem ocorrera sem problemas com os três príncipes do céu juntamente com o descendente de cristo se reunindo na sede do governo. O objetivo era uma conversação rápida sobre a situação atual e pequenos detalhes importantes do planejamento. O palácio do governo é um prédio imponente demasiadamente largo e alto, com cerca de três andares. Seu aspecto histórico remonta às origens do reino quando Deus criara os moradores locais. A reunião ocorre exatamente no último andar a portas fechadas.

O pátio onde estavam era a maior relíquia dos habitantes de Crovos composta pelo santuário de adoração ao santíssimo, museu onde eram guardados objetos raros e ricos e a sala de controle. Neste último ambiente, estavam concentrados os já citados seres.

"Como foi em Virgélia, Miguel? (Indagou Ventur Okter)

"Normal. Nosso grupo dominou as ações frente aos inimigos e não precisamos agir. Vamos seguir para a próxima etapa. (Miguel)

"Quer dizer que estamos salvos? O perigo já passou? (Ventur)

"Não é bem assim. A batalha nem começou direito. (Informou Miguel)

"Os pegamos de surpresa. Acredito que não teremos a mesma sorte a partir de agora pois o mal já sabe que estamos aqui. (Rafael)

"Compreendi. De qualquer forma, é uma vitória a se comemorar. (Ventur Okter)

"Sim, isso é verdade. (Miguel)

"Deus vai dirigir nossos passos para a vitória. Por tudo aquilo que adoro e acredito, eu juro que vou me esforçar para que o bem prevaleça. Não vamos deixar que o sacrifício de Divinha seja em vão. (Uriel)

"Não foi em vão. Meu irmão escolheu entregar-se por nós. É uma atitude louvável e pertencente aos grandes homens. Mesmo sem tê-lo conhecido, eu o admiro e o louvo. (Ventur)

"Ele é a pessoa mais importante da minha vida. Onde quer que esteja, sinto que está nos abençoando e nos guiando. (Uriel)

"Amém! (os outros)

"Qual é o próximo passo, Príncipe celestial? (Indagou Ventur)

"Agora mesmo partiremos para Harrant e esperaremos por nossos adversários. Levaremos nosso contingente completo a fim de pará-los. Não podemos permitir que eles se aproximem da capital. (Explicou Miguel)

"ótima ideia. Estarei orando por vocês. (Ventur)

"Obrigado. (Miguel)

"A realeza do Nosso Senhor consolidar-se-á também neste planeta. Peça seu povo para também ajudar-nos. (Pediu Rafael)
"Eu farei isto agora mesmo. (Ventur)
"Perfeito! (Rafael)
"Por Javé, Jesus e Divinha! (Uriel)
"Por Javé. Jesus e Divinha! (Repetem os outros)
"Estão dispensados. Vamos cuidar das tropas. (Ordenou Miguel)

Dita a ordem, nossos amigos separaram-se. Enquanto os anjos iam para guerra, o descendente de cristo iria atuar nos grupos de resistência local, dificultando a ação dos inimigos. Toda ajuda era bem vinda e necessária num momento tão importante quanto este. Torçam pela força do bem, leitores, continuando a prestar atenção na narrativa.

Em Harrant

Harrant era a segunda cidade mais importante de todo o reino. Com aproximadamente dois milhões de habitantes, era famosa por suas piscinas de fogo, a alta altitude e seu clima bastante frio principalmente nos tempos de inverno. A cidade estava pronta para um novo episódio da guerra épica de Crovos, em cujas mãos dos combatentes estava o destino de todos.

A equipe de satanás logo chegou nos arredores do local sendo recebidos nada amistosamente pela de Miguel. As equipes de batalha foram divididas em sete grupos, escolhidos de acordo com a importância de cada um. Em cada grupo, milhares de anjos lutavam entre si, seja com a prevalência de um ou de outro. Consequentemente, as mortes foram se sucedendo de ambos os lados. Em relação aos líderes de cada legião, eles só se fixavam em comandar abstendo-se da luta individual propriamente dita.

A ajuda de milhões de Balzaks era realmente preciosa. Munidos pela garra, coragem e por favores pessoais este grupo começou a surpreender e a sobrepor os anfitriões. A cada momento que se passava, a vantagem numérica e estratégica aumentava por parte da liga dos diabos. Depois, com uma tentativa frustrada, o grupo do bem quase igualou as forças, mas só foi uma impressão.

A vantagem do mal era clara e a fim de evitar maiores prejuízos, os anjos se retiraram. O grupo de Miguel se direcionou então a sede enquanto os demônios tomavam conta da cidade e faziam suas pilhérias cotidianas. O mal tinha dado o troco e agora era a vez do bem tentar esboçar uma reação enquanto havia tempo hábil para isso.

Chegando na capital, os anjos reúnem-se e tomam algumas providências. A mais importante delas é a convocação dos outros arcanjos e suas respectivas legiões. Na situação em que se encontravam, não se podia facilitar. O pedido foi aceito e atravessando os portais dimensionais os convocados juntaram-se aos que já estavam em Cristalf.

A batalha final

Estava armada a batalha final. Indo de um revés, a equipe de Miguel estava agora reforçada. Logo que chegaram, os anjos direcionaram-se ao encontro dos demônios que já se aproximavam da capital. O objetivo do mal era dominar o mundo enquanto o do bem era expulsá-los dali. Até aquele momento, a população de Crovos praticamente tinha sido dizimada. Restavam apenas poucos civis e alguns combatentes que teimavam em lutar por sua pátria. Eram verdadeiros heróis.

Era por uma causa justa que Miguel e seus anjos estavam ali: Pela liberdade, honra de Deus, pelo justo e pelo certo. Nada iria impedi-los de lutar por aquilo que acreditavam. Já estava na hora de dar um basta em todo o mal. Com isto em mente, eles esforçaram-se para chegar o quanto antes junto ao inimigo.

Não demora muito e eles encontram os adversários a cerca de dez quilômetros da sede. Começa então o embate envolvendo a todos, grandes e pequenos. O campo de batalha na planície ferve com sangue, gritos, dor, sofrimento, impiedade. O restante da tropa local de Crovos é praticamente exterminada, sobrando apenas uma jovem chamada kessy e o descendente de Cristo, Ventur Okter que sobreviveram ao fugir do palácio quando um grupo de demônios que se destacou da frente principal atacava.

Entretanto, a luta continuava entre anjos, demônios e Balzaks. Dentre deste contexto maior, destacava-se a luta individual entre Miguel e Lúcifer. Irmãos gêmeos, os dois conheciam as fraquezas um do outro e isso só dificultava a luta. Por um bom tempo eles pelejam e o equilíbrio mantém-se. Ventur Okter percebendo o momento propício decide invocar a seu pai, Javé, a fim de resolver de uma vez por todas aquelas situações constrangedoras e perigosas. O seu pedido é atendido e então Deus ateia fogo no campo de batalha do lado dos demônios. Eles ficam encurralados pelas chamas, Satanás desconcentrasse e então Miguel consegue submetê-lo através de sua espada flamejante e sua aura azul.

A partir deste instante, os demônios vão caindo um a um e quando estão completamente dominados são lançados por Miguel e seu bando em direção ao buraco negro. Lá, eles são sugados com destino desconhecido. Pronto! A realeza de Javé novamente está garantida e Crovos está salvo apesar de toda a devastação a que foi submetido. O bem triunfara novamente.

Logo depois, os anjos despedem-se dos sobreviventes e começam a fazer a viagem de volta em direção ao seu lar. A segunda etapa do confronto entre o bem o mal tinha sido cumprido conforme as profecias. Agora, começaria uma nova história.

Despertar

O transe acabou. Nossos amigos acordam novamente e se veem diante de um Jesus sorridente e tranquilo. Diante do olhar de dúvida dos seus discípulos, ele resolve se manifestar.

"Viram? Foi tudo o que aconteceu neste planeta num tempo longínquo. Ventur é testemunha disso. Este foi o último e definitivo selo. Parabéns, Divinha!

"Obrigado, irmão. Foi bom saber mesmo que em resumo um pouco da história deste local. Fico feliz por nossa vitória nesta aventura e no passado. Você é meu herói principal e todos também que estão aqui. Estou muito feliz. (O vidente)

"Que bom. Eu vou ter que ir embora agora. Tenho muitas responsabilidades comigo mesmo, com meu pai e com meu povo. Foi um prazer pessoal! (Jesus)

"Prazer todo nosso! (Renato)

"Depois vou visitá-lo! (Ventur)

"Logo também estaremos de volta. (Informou Rafael)

"Levaremos os meninos de volta para casa. (Uriel)

"Eu sei. Obrigado a todos. Até outra hora! (Jesus)

"Até. Eu te amo, Jesus! (O vidente)

"Também te amo! (Jesus)

Jesus aproximou-se dos seus servos e lhes deu um último abraço de despedida. Ali, estavam dois sonhadores que em conjunto a representavam a dupla mais dinâmica da literatura. Que tivessem sucesso e fossem felizes era tudo o que Deus desejava para os dois.

Ao término do abraço, Jesus finalmente voa e desaparece na imensidão do universo. Rafael então toma a palavra:

"Agora é a nossa vez. Vamos para casa, amigos?

"Vamos. Tudo bem, Renato? (O filho de Deus)

"Tudo está bem. Foi uma aventura e tanto. Obrigado pela oportunidade. (Renato)

"Por nada. (O vidente)

"Foi um prazer conhece-los, amigos. O pequeno sonhador conquistou meu coração e tenho certeza que o dos leitores também. Vão em paz! (Ventur Okter)

"Amém! (Divinha)

Rafael e Uriel pegam os humanos e lançam-se em direção ao espaço. Ao superar a atmosfera, chegam novamente no portal dimensional que dá acesso ao buraco negro. Lá, sofrendo os mesmos horrores de outrora superam novamente os obstáculos e ganham a galáxia. Começaria aí uma longa viagem até a via láctea e o sistema solar onde moravam Divinha e Renato. Entretanto, o pior já havia passado.

Usando de uma alta velocidade, os anjos superam num tempo razoável a grande distância a qual tinham que percorrer. Descem no planeta, especificamente no Brasil. A aventura estava completa.

Em casa

Os meninos foram entregues em suas respectivas residências no povoado mais bucólico de Pernambuco. Cada um começaria em sua rotina normal após uma temporada afastados. Ainda restavam alguns dias de férias para o filho de Deus e que seriam aproveitados junto à família. Um descanso merecido logo após mais uma aventura cumprida. Já Renato integrar-se-ia novamente à faculdade e ao trabalho no campo. Ainda havia muito tempo pela frente para batalhar um pouco mais por seus objetivos.

O que unia os dois e a turma da série "O vidente" era a sede de aventuras e de conhecimento. Se Deus quisesse, ainda teriam muitas histórias para contar ao longo de sua caminhada. Enquanto este tempo não chega, fiquem com Deus e até a próxima. Um beijo e um abraço carinhoso para todos. Sorte e sucesso.

    Fim

www.ingramcontent.com/pod-product-compliance
Lightning Source LLC
LaVergne TN
LVHW020453080526
838202LV00055B/5440